Quando sonhamos que sonhamos

©2023 Joca Reiners Terron e Isabela Santana Terron

u m a   a v e n t u r a

Contravento Editorial
contraventoeditorial@gmail.com

Arte & Letra
contato@arteeletra.com.br

Edição
Natan Schäfer

Figuras
Isabel Santana Terron

ISBN: 978-65-87603-56-8

Curitiba-BR
{ 2 0 2 3 }

T 328
Terron, Joca Reiners
    Quando sonhamos o que sonhamos / Joca Reiners Terron; ilustrações de Isabela Santana Terron. – Curitiba : Arte & Letra; Contravento, 2023.

  96 p.

  ISBN 978-65-87603-56-8

  1. Literatura brasileira I. Título

                                  CDD 869.93

Índice para catálogo sistemático:
1. Ficção: Literatura brasileira 869.93
Catalogação na fonte
Bibliotecária responsável:Ana Lúcia Merege - CRB-7 4667

Joca Reiners Terron

Quando sonhamos que sonhamos

Figuras por Isabel Santana Terron

=

Coleção
As frutas das samambaias

Vol. 2

Das samambaias da Westfália

> *(...) uma pequena samambaia inesquecível se alastrando na parede interior de um poço muito antigo, o mais vasto, o mais profundo e o mais negro de todos sobre os quais já me debrucei (...).*
> André Breton, O amor louco (1937)

Os prelúdios decisivos da coleção "As frutas das samambaias" têm início em 2020, a partir de conversas entre Flávia Chornobai e eu, Natan Schäfer, respectivamente expatriados em Urbino e Berlim. Uma vez que ambos somos entusiastas do maravilhoso em suas mais diversas manifestações, como era de se esperar, nossa amizade nos conduziu aos sonhos.

Após dividirmos alguns precipitados noturnos entre nós, se impôs a necessária determinação de tornar público o que até então fora privado. Eis que surge aí o gametófito dessa coleção, cujo segundo esporângio você agora tem em mãos.

Lembro que, inicialmente, o projeto consistia em convidar os mais diversos sonhadores — inclusive aqueles menos familiarizados com a escrita — a colherem "30 dias de sonhos" (sic), isto é, a reunirem não exatamente trinta relatos de sonhos mas, após o convite, registrá-los ao longo de trinta noites em que se verificasse a ocorrência do fenômeno. Como na prática se observou que muitos dos participantes já possuíam um considerável acervo de anotações — como foi o caso de Veronica Stigger que, com Eduardo Sterzi, inaugurou a coleção com *O livro dos sonhos* em abril de 2023 —, a regra foi flexibilizada, de modo a, parafraseando os oulipianos, permitir uma "adesão por antecipação".

Considerando que essa coleção se organiza sob a divisa de um oxímoro botânico, é importante também indicar que a escolha de seu nome não se deu para fazer coro à esfalfada retórica do "natural" — aliás, tão cara aos mais diversos ramos do mercado, desde os fabricantes de sabonetes às montadoras de veículos, e tão diferente da "filosofia da natureza", como desenvolvida por G. W. F. Hegel.

O nome da coleção surgiu de súbito e quase por inteiro quando, após um passeio pelos bosques alemães da Westfália — para onde fora com minha amada evitar à clausura urbana —, chegando a uma encruzilhada, fui tomado por uma imagem remota porém vívida de samambaias, vegetal que, por sinal, cresce prodigamente tanto em Siegen, onde aconteciam aquelas cotidianas derivas silvestres, quanto em Ibirama, cidade onde nasci e dei meus primeiros passos na floresta.

Como sói acontecer nestes casos de lampejo, as samambaias e suas frutas se impuseram com a força e a certeza de um *pensamento absoluto*[1], gerando uma vertiginosa espiral de acontecimentos, da qual a segunda estalagmite é este magnífico *Quando sonhamos que sonhamos*.

Assim como o primeiro volume da coleção, em certa medida esse livro também foi sonhado em conjunto, numa colaboração orientada pelo amor. Se da primeira vez acompanhamos Veronica e Eduardo ao longo do passeio, agora seguimos em frente com Joca Reiners Terron e Isabel Santana Terron, que se uniram para dar corpo a memórias noturnas e oferecer aos seus conhecidos e desconhecidos a colheita, o banquete e o plantio daquilo que a imagem desses encontros e achados é capaz de criar.

---

[1] Gérard Legrand elabora a noção de *pensamento absoluto* no texto "Sobre o pensamento analógico em Lautréamont", publicado na coluna A Fresta em 17 de julho de 2020 e disponível em: < https://www.sobinfluencia.com/post/pensamento-analogico-em-lautreamont >; acesso em 10 de agosto de 2023.

A propósito, é preciso também sublinhar que buscamos implantar figuras em todos os volumes que compõem essa coleção. Entretanto, é crucial ressaltar que não pretendemos fazê-las servirem de ilustração às transcrições. Os registros escritos têm por si só capacidade de atuarem como imagem, caso consideremos, como propõe Sergio Lima, "a imagem como acontecimento" e "fenômeno do ser", e não apenas como um fenômeno óptico. Portanto, as figuras que Isabel reúne e emparelha ao lados dos escritos de Joca — talvez como Lautréamont emparelhou a máquina-de-costura ao guarda-chuva ou ele próprio ao lado de Dazet — pretendem trazer à luz do dia acontecimentos paralelos aos que emergem da escuridão da noite, para então revelar o par como vasos comunicantes. Fica assim garantida e constituída uma relação de mútua iluminação? Infelizmente, a resposta a essa pergunta depende da experiência e, portanto, só admite conjugação no passado.

Contudo, movido pelo desespero da mesmice, confio a não mais poder que, a partir da associação em questão, o livro conquista, efetivamente, atmosfera e profundidade, ou seja, potencial para abrir uma perspectiva. Assim, como diz Paul Valéry em *Outros rumos e remos* [*Autres rhumbes*] (NRF, 1934), talvez possamos passar "do estado de 'um ou outro' ao estado de 'um e outro'", criando "um olhar capaz de dois mundos dados" — haja vista que, ao tomar corpo com as imagens que lhe eram alheias, o sonho aparece uma segunda vez aos olhos e, não há saída, a descoberta se torna mais fecunda.

Natan Schäfer
Berlim / Curitiba, *2021-2023*

*Se os homens contassem seus sonhos com
sinceridade, estes revelariam mais
do seu caráter que o seu rosto.*
LICHTENBERG

*Estamos próximos de despertar,
quando sonhamos que sonhamos.*
NOVALIS

Dezoito de agosto de 2020

Eu guiava hóspedes
de um hotel no meio
da selva tropical onde
os abandonava às feras

Vinte e um de agosto de 2020

Eu despertava
com meu edredom
em chamas
que se alastravam
pelo quarto

Vinte e dois de agosto de 2020

Eu me equilibrava
no varal em disputa
com um ex-aluno
na corda ao lado
para ver qual de nós
estendia mais
roupas primeiro

As estampas dos tecidos
indicavam que as roupas
pertenciam a outro amigo
conhecido por usar
camisas extravagantes

As folhas de bananeira
do tecido pertenciam
a um sonho anterior
e entre elas
quase imperceptíveis
apareciam restos mortais
dos hóspedes perdidos
     na selva

Vinte e três de agosto de 2020

Eu revisava um livro
e atrasava a entrega
do trabalho ao meu chefe
que batia na porta
de casa à minha procura

Eu atrasava a entrega
pois temia que a história
do livro acabasse

A história do livro
era a história de minha vida

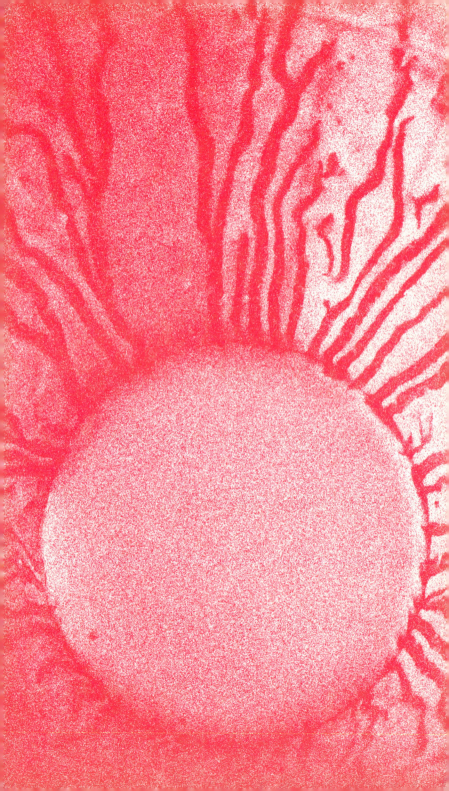

Vinte e seis de agosto de 2020

Ao lado do cantor Gary Numan
eu observava a limpeza
do sistema de circulação
de ar da pensão onde vivíamos
Um rato escapou da sucção
veio para o meu lado tinha
bico de pato com dentes
e o tamanho do cocker spaniel
que um dia foi de minha mãe
Fui despertado por Egípcia do Crato
em quem eu dava coices

Vinte e seis de agosto de 2020

Eu tentava vender um casebre
de madeira que a família herdara
a pedido do meu pai
Usávamos o aplicativo de uma
imobiliária que exibia o entorno
e também um rio que passava
debaixo do mesmo casebre
que aparece há muitos e muitos anos
em meus sonhos

Vinte e seis de agosto de 2020

Na pensão eu escutava
lamentações do meu irmão
do meio que sob perseguição
de seu professor de educação física
fora castigado com exercícios
na companhia de um batalhão do exército
Suado e fora de forma ele temia morrer

Vinte e oito de agosto de 2020

Eu vivia na rua enxotado
que havia sido por familiares
e não tinha onde dormir

Vinte e oito de agosto de 2020

Eu remoía a luta de boxe
beneficente que teria naquela
mesma noite contra um colega escritor
Combináramos de não nos atingir
um ao outro no rosto mesmo assim
eu me preocupava com a saúde dele

Trinta de agosto de 2020

Eu sacudia minha perna por causa
de um cão que mordia
o meu tornozelo
Fui despertado por Egípcia do Crato
enquanto a chutava

Primeiro de setembro de 2020

Eu havia tomado vários comprimidos
de viagra em consequência
meu pau inflava
eu saía voando
e desaparecia
                no céu

Seis de setembro de 2020

Eu entrava em algum lugar
talvez num banco e o segurança
com um termômetro não conseguia
medir minha temperatura que não
ultrapassava zero grau

O segurança explicou
que era efeito do álcool
que eu andava consumindo
em demasia

Sete de setembro de 2020

Eu despertava com um leve tremor
no meio da noite
Pela manhã conferia nos jornais
que não ocorrera nenhum terremoto
Podia concluir portanto
que se tratara de um sonho sísmico
ou então não passaram
de gases noturnos

Nove de setembro de 2020

Eu buscava Egípcia do Crato que
estava num evento talvez a entrega
de um prêmio num Grande
Hotel e por algum motivo estávamos
com telefones trocados
eu com o dela
um celular muito antigo
e não conseguia
lembrar de nenhum número
nem mesmo do meu
que estava com ela
Estávamos incomunicáveis
e nos perdíamos
um do outro

Dez de setembro de 2020

Eu esperava num casarão desconhecido
e vazio alguém que nunca vinha
Enquanto isso a casa se desfazia
ao mesmo tempo que era reconstruída
por um peão que eu só via à distância
nunca o seu rosto somente
a sua sombra
                terrível

Onze de setembro de 2020

Eu aguardava numa espécie
de congresso a palestra de alguém
que eu não sabia quem era
e que nunca aparecia

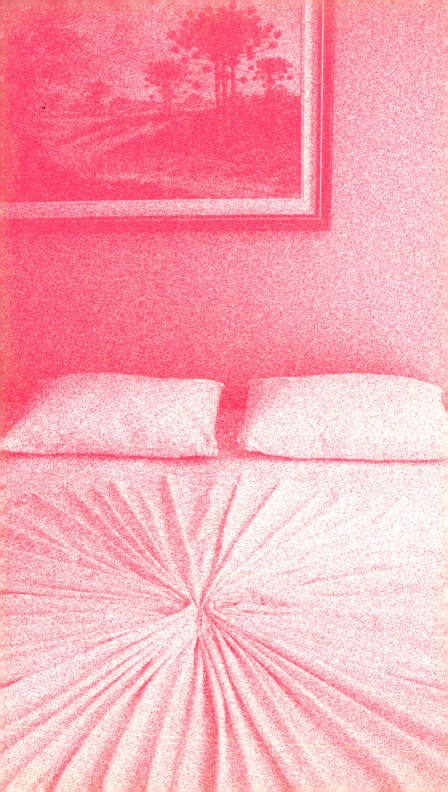

Dezesseis de setembro de 2020

Precisávamos fugir urgentemente
Eu desejava levar uns quadrinhos
comprados em nossa última viagem
e nunca folheados
Egípcia do Crato permitiu que eu levasse
apenas um mangá, os demais
não cabiam na mala
Deixei um gibi de faroeste que estava guardado
no congelador na mesinha de cabeceira do meu pai
cuja cama estava cheia de roupas
como se ele também fosse partir
a qualquer instante
Na capa do gibi os hóspedes
perdidos caminhavam pela selva
de olhos vendados

Dezessete de setembro de 2020

Eu despertava com cheiro
de fumaça e a certeza
de que minha biblioteca ardia
Eu sondava a casa
e fogo não encontrava
Era um sonho
inteiramente
tomado de fumaça

Dezoito de setembro de 2020

Eu vagava pelos corredores
de um supermercado e via
moradores de rua saqueando produtos
No caixa um rapaz sério e gentil
que era a cara do porteiro de meu
prédio negociava a fim de que
os saqueadores devolvessem as coisas

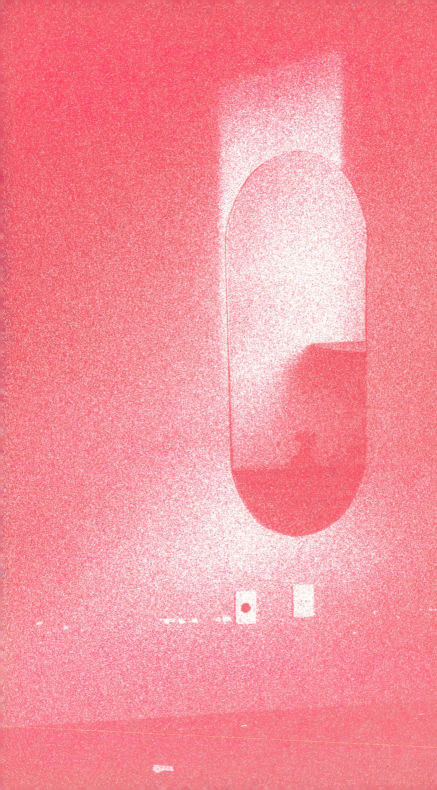

Vinte de setembro de 2020

Eu vagava pelas ruas
com um aparelho de telefone
que tinha arrancado da parede
de uma loja do McDonald's onde
estivera antes conversando com meu
pai que parecia esbelto e vestia uma camisa estampada
conversa na qual ele me alertava
sobre reclamações causadas pelas balbúrdias
de minha filha no apartamento
onde ela vivia

Vinte e quatro de setembro de 2020

Eu era uma câmera de segurança
que registrava
Gravavam no aeroporto uma matéria
reconstituindo um evento paranormal
ocorrido no portão de embarque nº 9
muitos anos antes com a mãe de uma jovem
que embarcaria durante a gravação
Ambas eram atrizes e a filha não sabia da reconstituição
A filha tinha a mesma idade da mãe
No ato da gravação caía um dilúvio como no dia do evento
Quando a gravação iniciava a filha inadvertida
se aproximava do portão de embarque
Então tudo começava a se repetir duplamente
na gravação e com a filha chegando ao
portão nº 9 e a atriz que interpretava a mãe
na reconstituição do evento era arrastada
por forças invisíveis em direção ao vidro
escuro do portão de embarque
através do qual desaparecia
As forças invisíveis também arrastavam a filha
que entretanto era retida pelo vidro
Agora eu a observava a jovem era a minha filha
Eu a pegava no colo e saíamos correndo
No meu colo ela começava a menstruar
as luzes do aeroporto piscavam a chuva aumentava
a escuridão chovia sangue dentro do aeroporto
Eu percebia ao correr o sangue lavava tudo
encharcava o piso do aeroporto
Eu despertei às 6h30 ouvindo três notas insistentes
de um instrumento eletrônico que vinham da rua

Trinta de setembro de 2020

Eu vasculhava uma banca
de jornal iluminada e sortida
de publicações do mundo inteiro porém não
encontrava aquilo que procurava
algo que eu desconhecia o que era
Nas capas das revistas as ilustrações
se moviam transitavam de uma capa
a outra e nelas apareciam mais uma vez
os hóspedes perdidos na selva

Trinta de setembro de 2020

Eu era o hóspede de um hotel
Estava perdido na selva
e espreitava do meio do mato
um bando de garotas jogando vôlei
numa quadra de cimento arruinada
e coberta de heras e a bola vinha parar
no capim úmido perto da moita onde
eu estava e atrás dela vinha uma garota
e então eu percebia que não existia

Dois de outubro de 2020

Eu dormia em minha cama
e meu braço caía pela beirada
se esticando pelo abismo
e sumindo na escuridão
sem fundo que envolvia
    a cama

Seis de outubro de 2020

Alguém morria faz longo
tempo... um enigma familiar...
alguém que voltava para revolver
o passado... alguém descobria
ser o que não era... o mistério...

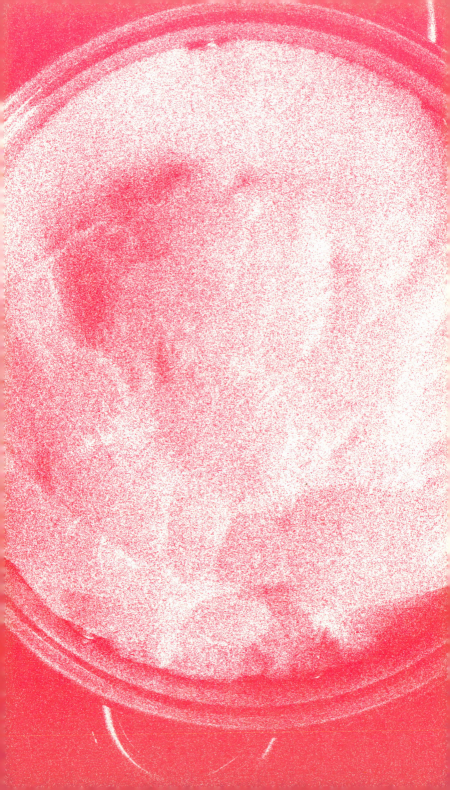

Seis de outubro de 2020

Eu entrava na companhia do meu irmão
na peixaria muito antiga onde havia
um retrato na parede numa pesada moldura
oval do nosso irmão do meio
Na cozinha mulheres abriam peixes-lua enormes
de maneira estranha tirando-lhes a tampa e
os deixando parecidos com bacias ou panelas
                    os peixes eram redondos

Sete de outubro de 2020

Eu testemunhava a morte
de meu cunhado O Governador de infarto
depois acompanhava minha sogra ao funeral
avisando-a para não abraçar a viúva pois
ela estava contaminada
No entanto no entanto
era o que ela fazia

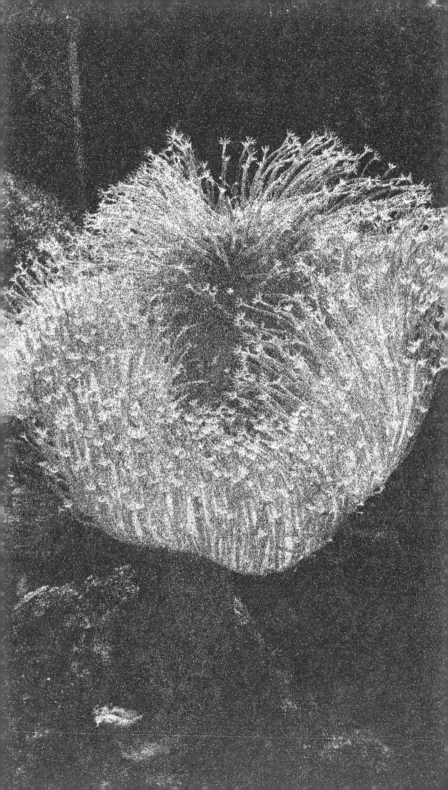

Nove de outubro de 2020

Eu estava nu e assistia a um monólogo
que havia escrito e estar nu fazia parte da encenação
que obedecia a contragosto
no palco a atriz falava e tomava uma ducha
de tinta dourada que a deixava reluzente
quando o público entrava eu saía arrependido atrás
de minhas roupas encontrando apenas calças
que não eram as minhas eu ficava preso àquelas
calças jeans enormes que não me pertenciam
sem conseguir me livrar delas e as calças
cresciam e cresciam e depois me engoliam

Doze de outubro de 2020

Eu havia recebido autorização
para trazer de volta pessoas
amadas que tinham morrido
e desesperado procurava uma
maneira de fazer isso

Doze de outubro de 2020

Eu aguardava no portão da casa
que alguém passasse
na casa eu cuidava de um menino
que se parecia comigo quando criança
Seus pais tinham saído
e eu cuidava dele mas
começou a faltar luz na casa
algum problema com o gerador
Um pastor de terno e bíblia
passou na rua e aceitou ajudar
Atravessamos o quintal onde
eu criança brincava
e chegamos ao gerador
que ficava no fundo de uma
casinha de cachorro onde
o pastor entrou de gatinhas
                        e desapareceu

Catorze de outubro de 2020

Eu compunha à mão um texto
na redação do jornal
e o espaço era insuficiente
faltando as últimas linhas
o que deixaria o texto sem sentido
Não havia ninguém para ajudar
a redação estava vazia
as mesas desocupadas
as luzes brancas e trêmulas
O texto contava a história
de minha vida

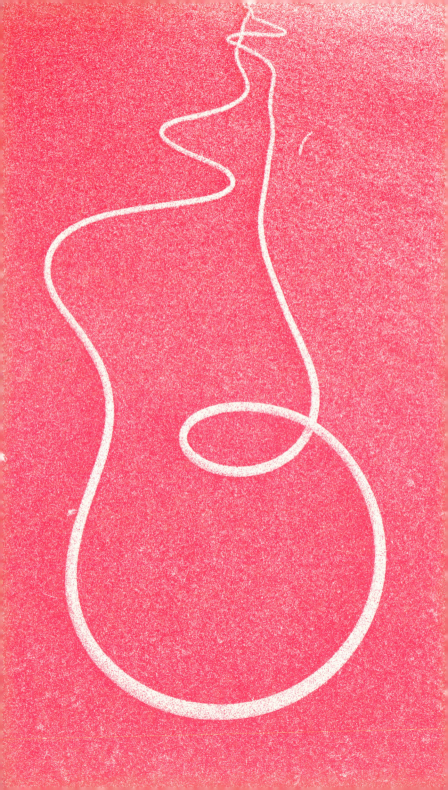

Quinze de outubro de 2020

As serpentes albinas subiam
no meu peito e eu as esmurrava
Despertei com Egípcia do Crato
gritando meu nome
Ela botara sua mão branca
de longos dedos albinos
serpentes albinas no meu peito
para me tranquilizar

Vinte e quatro de outubro de 2020

Eu me hospedava na casa de praia
do jovem ricaço e o humilhava
por qualquer motivo
A praia em frente à casa era
coberta de lama em vez de areia
Após mais humilhação eu moía
de pancada o anfitrião com seu
próprio taco de beisebol

Vinte e quatro de outubro de 2020

Aquele eu
que sonhava
não era eu
Era um eu
que se disseminava
em outro eu
Eu não estava
em lugar nenhum

Quando sonhamos que sonhamos

Eu sonhava que sonhava, portanto devia estar próximo de acordar.
Então vinha a pandemia e isso demorava quase dois anos para acontecer.

Eu dormia bem, durante o confinamento, debaixo das cobertas do pretérito imperfeito.

Eu sabia que minha filha andava por sua casa, protegida, e não havia (há) nada que me deixasse (deixe) mais tranquilo.

Não havia vacina, mas eu dormia tranquilo. Não havia liberdade, mas eu sonhava.

Eu sonhava ao lado de Isabel, que ao meu lado também sonhava.

Sonhávamos com ladrões, que, ao contrário do que afirmou Stricker, eram reais e assaltavam a República.

Lado a lado sonhávamos com ladrões que invadiam nossa casa, e o medo que sentíamos, apesar de os ladrões serem reais e estarem a mil quilômetros de distância, sob o vento de queimada do Planalto Central, era real.

Esse é um traço dos sonhos, segundo Stricker:
> O sonho não consiste exclusivamente em ilusões; quando, por exemplo, temos medo de ladrões no sonho, os ladrões são imaginários; o medo, porém, é real.

Como eu sonhava e também escrevia, só me restava anotar os sonhos. Mas eu não queria dourar a pílula do sonífero, não queria conspurcar a impureza do que recebia diuturnamente com revisões e correções e racionalizações.

Isabel sonhava em imagens e eu sonhava em palavras.

Eu despertava e anotava os sonhos numa caderneta. Sonhos sonhados durante a tarde costumavam ser os mais vívidos.

Toda a questão de anotar sonhos é um problema de tradução. Todo sonhador que se dispõe a relatar o sonho está exposto ao problema da tradução, às suas impossibilidades e mal entendidos. Anotar sonhos é traduzir poemas que nos são sussurrados numa língua desconhecida.

Na caderneta eu relatava sonhos na mesma língua desconhecida em que sonhamos. Eu sonhava sem literatura, sem dourar a pílula do sonífero, e anotava os sonhos sem literatura, para não deformá-los.

"As crianças sabem perfeitamente que os unicórnios não são reais", disse Ursula K. Le Guin. "Mas também sabem que os livros sobre unicórnios, se bons, são reais".

Entre os problemas do sonhador, a dúvida acerca da realidade do sonhado, as transações entre o unicórnio e a realidade, réstias de sonho que permanecem na vigília desestabilizando a percepção, aquilo aconteceu ou não aconteceu, afinal, é das mais insolúveis.

O sonhador sabe perfeitamente que os unicórnios não são reais. Mas também sabe que os sonhos sobre unicórnios, se bons, são reais.

E a morte existiria, naqueles sonhos? Afinal, estava na realidade, por todos os lados. E o tempo, existiria naqueles sonhos? Essa é outro enigma. Certa vez escrevi um poema sobre a questão:

O tempo

*O infortúnio humano
é desconhecer nos sonhos
a existência do tempo*

*Neles o amputado tem
pernas e joga tênis
amigos desaparecidos*

*ainda estão vivos
e futuro presente e passado
são sem nunca ter sido*

*Mas então o despertar
súbito a ignorância de saber
em qual lado se está adormecido*

*Em qual acordado
em qual se tem pernas
em qual se está amputado*

São muitos e infinitos, os tempos distintos: linear, fragmentário, invertido, inconcluso. Existimos no tempo ou é o tempo que existe em nós? O sonho existe no tempo ou é o tempo que existe no sonho? O tempo também é continuidade, é a linha temporal que conduz cada ser do começo ao fim de sua existência.

Tal dimensão só se alcança por meio do sonho ou da ficção, somente através dessas duas linguagens desconhecidas podemos voltar ou avançar no tempo para descrever nossos personagens, nós mesmos, no passado ou no futuro.

    Cientistas descobriram que a verdade dura três minutos. Passado esse tempo, começamos a mentir. Para o sonhador, a verdade ou a realidade talvez dure ainda menos: abre a boca e começa a mentir, à medida em que o sonho se desfaz em palavras. A curta distância percorrida pelo sonho na realidade é calculada em sílabas.

    Eu temia que algum dia o sonho ainda estivesse lá, quando eu acordasse.

JOCA REINERS TERRON
junho de 2023

Isabel Santana Terron é fotógrafa, nasceu no Crato e sonha, quando sonha, com Joca Reiners Terron.

Joca Reiners Terron é escritor, nasceu em Cuiabá e sonha, quando sonha, com Isabel Santana Terron.

Este livro foi composto em Linux Libertine sobre papel
Pólen Bold 90g e impresso pela gráfica
Graphium no inverno de 2023.